SYLVIE

ET

MOLESHOFF,

S

L'ANECDOTE qui fait le Sujet de ce Poëme est consacrée dans Rapin Thoiras & dans le Spectateur.

Gellert en a tiré la Matiere d'un Conte sous le Titre de Rhinselt & Lucie, mais le fait y est entierement dénaturé, affoibli. Pomfret Poëte Anglois l'a traité avec plus de hardiesse; il a osé s'enfoncer dans cet intérêt sombre & terrible qu'exige un pareil Tableau. Ceux qui connoissent l'Original verront que je ne m'y suis point assujetti. L'Ouvrage que j'offre au Public doit à peine passer pour une imitation. Kirk dans l'Anglois jouit en paix du fruit de son crime; j'ai cru qu'un pareil Monstre ne pouvoit rester impuni, sans révolter toutes les ames sensibles.

SYLVIE ET MOLÉSHOFF.

DÉPOSITAIRE fidelle de tous mes fe-
crets, tendre amie, dont l'abfence m'a été
fi funefte, ô ma Célie, ame courageufe &
fenfible, auras-tu la force d'entendre le récit
que je vais te faire ? Je crois te voir, pal-
pitante d'effroi, tomber dans les bras de tes
Femmes, paffer de la douleur à l'indignation,
frémir, pleurer, & chercher en vain ta voix
mourante dans les fanglots.... N'importe :
je n'ai point le droit de fouffrir fans que tu
en fois inftruite. Ton amitié réclame la moitié
de mon infortune, & je dois t'affliger, pour
ne te point trahir. Arme-toi de fermeté. La
fcélérateffe inventive des Tyrans n'imagina

rien d'égal à l'atrocité dont je suis la victime. Ecoute.

Tu as vu naître l'amour de Moléshoff, pour la malheureuse Silvie. Jeuneffe, beauté, naiffance, il avoit tout, pour féduire, J'euffe réfifté peut-être à fes charmes ; je me rendis à fes vertus. La valeur en lui n'étoit point cet inftinct fougueux qui fe joue du fang des Hommes. Combien de fois il pleura dans mon fein ce devoir cruel qui l'avoit forcé d'en répandre ! combien il détestoit la gloire coupable que les Armes procurent ! Avec quel épanchement de joie il foulageoit l'humanité fouffrante, & foulée aux pieds trop fouvent par ceux mêmes qui devroient en être les protecteurs ! voilà ce que j'aimois en lui. Jamais fympathie plus forte & plus douce n'attira deux cœurs l'un vers l'autre. Ils étoient enfin furmontés ces longs obftacles qu'on avoit mis à notre union ; l'hymen l'avoit confacrée. Avec le titre d'Epoufe, je pouvois avouer mon Amant, & dire à l'Univers : J'adore Moléshoff. Je refpirois le bonheur ; j'envifageois l'avenir avec l'ivreffe de l'amour & la fécurité de la vertu. Je ne croyois pas que le fort pût mêler quelques nuages à cette fuite de jours fereins qui fe déployoient devant moi. Illufions trop flatteufes, formées avec lenteur & fi rapidement évanouies ! que le malheur touche de près aux rêves brillans qui nous peignent la félicité ! ô ma Célie !…

La Renommée t'a fans doute appris que le Duc de Montmouth entraîna dans fa révolte la Jeuneffe la plus diftinguée de nos Cantons. Emporté par le même délire, par ce mouvement féditieux qui étouffe toute réflexion, féduit furtout par l'amitié qui l'uniffoit au Prince rébelle, Moléshoff fuivit fes Drapeaux. Le Duc a fuccombé ; une défaite entiere a

été le prix de son audace. En vain il a fui
dans les plus ténébreuses retraites ; on l'en
a arraché. Mon mari plus heureux , s'étoit
sauvé du champ de bataille, à la faveur d'une
nuit obscure, & croyoit pouvoir échapper à
la vigilance du vainqueur : vain espoir ! il a
été surpris, arrêté dans sa fuite, & conduit
au Général Kirk... Quel nom ai-je prononcé ?... La fureur s'empare de mes sens.... Je
frissonne & brûle à la fois... Le Monstre ! il
aimoit qu'on gémît autour de lui ; il avoit
soif du sang humain ; il eût voulu en emplir la coupe dont il s'enivroit, dans ces repas
somptueux où la débauche étoit jointe à l'inhumanité. Il ordonnoit un assassinat d'un front
aussi serein qu'un autre dispense un bienfait :
son sourire étoit un signal de mort ; & quand
il faisoit périr des Rebelles, il vengeoit moins
son Roi qu'il n'obéissoit à son propre cœur,
ce cœur infernal, l'exécration des Mortels &
l'opprobre de la Divinité.

Inftruits du fort de Moléshoff, attendris par fon malheur, qui fût en quelque forte la publique infortune, nos amis fe font empreffés pour faire fufpendre fon fupplice pendant trois jours feulement. Ils efpéroient dans ce court intervalle toucher fon infâme vainqueur; tous leurs efforts ont été inutiles. L'airain eft plus fléxible que ne l'étoit l'ame de cette Brute, d'autant plus redoutable, qu'elle étoit douée d'une étincelle de raifon! il a bravé leurs larmes; il en a joui, il a infulté aux foupirs de l'amitié. Que ne peut l'amour au défefpoir? J'ai cru que j'obtiendrois davantage: j'ai volé à fa tente, je me fuis jettée à fes genoux, & je lui ai dit, en les baignant de pleurs.

Heureux Guerrier dont les armes ont répandu la terreur dans l'un & l'autre hémifphère, je fais des vœux, pour que la victoire ne quitte jamais vos étendards. Vous êtes ici l'arbitre & le juge des infortunés que vous avez vaincus ; triomphez d'eux , une feconde fois, en leur pardonnant : écoutez la clémence ; elle fied bien fur un front couvert de lauriers. Moléshoff eft au nombre de vos Captifs ; fon Epoufe eft à vos pieds, & vous demande fa grace. Faites paffer au Fifc tous les biens que la Fortune nous a donnés ; mais rendez-moi ce que j'aime , je n'aurai rien perdu , & je vous bénirai jufqu'au dernier foupir. Le trépas de ce jeune homme n'ajouteroit rien à la gloire du Libérateur de l'Angleterre & du Héros qui venge les Rois. Je fçais que des Sujets qui ofent prendre les armes contre leur Souverain légitime méritent la mort. Moléshoff fut coupable, mais vous êtes généreux. C'eft fa premiere faute, c'eft l'amitié qui l'égara , & il n'a point à rougir au moins du fentiment qui a caufé fon crime. Vous fçavez quel eft fon courage ;

courage ; vous l'avez admiré vous - même.
Ramené par le repentir, il peut devenir un
Héros utile à son Maître, utile à sa Patrie.
Faut-il que de si belles espérances avortent sur
un échaffaud ? Mais si tous ces motifs ne peu-
vent vous désarmer , soyez sensible à ma
priere , à mes larmes , à l'excès de ma douleur. Moléshoff est mon époux ; je l'aime autant qu'il est possible d'aimer. A peine les
flambeaux de l'hymen ont brillé pour nous,
Hélas souffrirez-vous que la main d'un Bourreau brise nos liens à l'instant même qu'ils
viennent de se former ? Que dis-je ? Rien ne
pourra nous désunir. Si vous ne lui permettez
pas de vivre , ordonnez donc que je meure.
Je me dévoue au sort qui l'attend. S'il des-
cend dans la tombe , je l'y suis & m'y en-
ferme à ses côtés. Accordez-moi son pardon ,
ou prononcez notre arrêt.

Madame , me répond Kirk d'un ton plein

T

d'orgueil, la vie de Moléshoff dépend de ma
volonté ; je puis à mon gré perdre ou sau-
ver tout Rebelle : je fongerai à ce que vous
m'avez dit. Revenez, quand la nuit couvrira
ces tentes ; peut-être aurai-je pitié de vos
larmes. Allez rejoindre votre mari ; qu'il re-
prenne courage : fon crime eft affreux ; mais
ce n'eft point la premiere fois que, prêt à
punir, on s'eft laiflé défarmer à la voix de la
beauté.

Chere Célie, lorfque l'ame eft plongée
dans la douleur, & que le défordre regne
dans nos penfées, la plus légère apparence
de fuccès fait naître l'efpoir & foulage notre
peine : nous croyons le danger éloigné, alors
qu'il nous entoure, & l'impatience du bonheur nous en montre une perfpective qui
nous trompe, en nous cachant l'abime où nous
allons tomber. La réponfe obfcure du Barbare, fans confoler le fond de mon ame,

fufpendit les inquiétudes de mon efprit. Je courus & me fis ouvrir le cachot où Molés-hoff attendoit fa derniere heure. Une lampe expirante y jettoit par intervalle une lueur formidable & funébre ; je crus entrer dans un tombeau. C'eft à ce jour fépulcral que j'apperçus mon époux étendu fur la terre , abforbé dans un recueillement fombre , & dans cette affreufe tranquillité plus effrayante que le défefpoir. Dès qu'il me vit :

Fuis, Sylvie, me dit il , fuis ; va dans quelque climat lointain cacher ta vertu ; c'eft ici le féjour du rebut des hommes. Des Monftres infectent l'air qu'on y refpire. La violence eft leur loi, des meurtres font leurs amufemens. Kirk eft le Chef de cette Bande impie, & il mérite de l'etre. Quand on m'a dit que tu allois lui demander ma grace, cette nouvelle a jetté mon ame dans l'anéantiffement. C'eft de cet inftant fur-tout que j'ai fenti toute

l'horreur de ma fituation. Je fus trop heureux depuis que je fuis à toi pour defirer de
mourir ; mais je ne voudrois pas racheter la
plus longue vie par la honte d'un moment.
Si je ne puis fauver mes jours qu'aux dépens
de mon honneur , qu'on m'ouvre le tombeau ,
& que Sylvie ait le courage de m'y laiffer
defcendre. Retiens tes larmes ; que ta fermeté foit la derniere preuve de ton amour.
Qu'eft-ce donc que la mort dont nous fom-
mes fi effrayés ? C'eft elle qui venge le pau-
vre en frappant le riche à fes côtés , confond
tous les rangs dans la même pouffiere , &
imprime fur les cadavres épars le fceau tardif
de l'égalité. Les uns font enlevés de cette
Scene tumultueufe du Monde , au moment
qu'ils commencent à l'entrevoir. D'autres ar-
rivent jufqu'à l'adolefcence , & fe fentent
frappés du coup mortel dans le fein même
de leurs premiers plaifirs ; quelques-uns font

plus longtems aux prifes avec la vie , & à la
fin confumés par la douleur , épuifés par la
vieilleffe , ils foupirent , chancelent , tombent
& difparoiffent. Au-delà du tombeau eft l'a-
bîme de l'Éternité. C'eft le féjour des Ef-
prits dégagés de la fubftance terreftre & vile
qui nous enveloppe ; les Oracles facrés nous
difent qu'ils font tous heureux ou malheureux. Si telle eft la différence de leur deftin ,
les bons ne meurent pas trop tôt , ni les mé-
chans trop tard. Pour moi , je me foumets
aux décrets éternels de l'Etre qui m'a jetté
fur la Terre pour y lutter contre des Tyrans ou des Bourreaux. J'abandonnerai , dès
qu'il le voudra , l'arène où j'ai combattu ;
me voilà prêt. O ma Sylvie , unique objet que
je regrette , ne prends point ma conftance
pour de l'infenfibilité ; tu ne fçais pas ce qu'il
en coûte à mon cœur , quand il s'arme contre toi. Ton image y refpire en traits de

flamme, & s'y enfonce plus avant à mesure que je veux l'en arracher ; mais plus les paſſions ſont vives, plus le ſacrifice en eſt pénible, moins il faut qu'on s'en diſpenſe. L'homme prét à mourir ſe doit plus à l'honneur qui lui ſurvit, qu'à tous ces biens paſſagers qu'il va perdre pour jamais. Détache ta deſtinée de la mienne : viens, reçois mes adieux dans ce dernier embraſſement ; mais ſur-tout fuis, fuis de ces lieux profanes, ils ne ſont pas dignes de te poſſéder.

Que je fuie, repris-je avec précipitation ! que je me ſépare de toi ! De toi, dont la vie eſt plus néceſſaire à ta Silvie que l'air même qui l'anime ! non, ne l'eſpére pas ; c'eſt la premiere foîs que tu ne ſeras pas obéi. Cette nuit, peut-être, tu ſeras libre ; laiſſe agir mon amour. O mon cher Moléchoff, mon ſoutien, ma conſolation, ma vie ! que ferois-je ſans toi ? où irois je ? toi-même, dans la folitude & l'abandon, tu rappellerois bientôt celle que tu aurois contrainte à te quitter.

L'heure fatale approchoit : je m'arrache des bras de mon Epoux, & marche vers la Tente de Kirk.

Les lumieres du camp n'offroient à mes yeux que des objets épouvantables, préfages finiftres du fort qui métoit réfervé. A peine eus-je fait quelques pas ; je vis, ô ma Célie ! te retracerai-je cette fcene d'horreur ? je vis un Vieillard étendu fur le corps de fon Fils unique, que des Soldats venoient d'égorger. Ce malheureux Père tâchoit, d'une main défaillante, d'étancher le fang qui fortoit à gros bouillons ; il y mêloit fes larmes, il colloit fes lévres glacées fur la bouche livide de ce cher Fils, comme pour le rappeller à vie : il pouffoit des cris lamentables qui fe répétoient dans les ténébres, & ces cris, ces cris d'un Père ! excitoient le rire féroce des Affaffins attroupés autour de lui.

Plus loin, une Femme défolée & s'arrachant les cheveux, déploroit, aux pieds d'un chêne antique & profané, la perte de fon Epoux que l'infâme Kirk y avoit fait attacher. Cette Mère inconfolable étoit entourée d'Enfans, confumés par la faim, qui lui tendoient leurs bras : elle n'avoit que fa douleur à partager avec eux. Ils fondoient en larmes; ils fe réfugioient dans ce fein qui leur avoit donné la vie, & ne pouvoit la leur conferver. Elle fit un effort, leva avec un long foupir les yeux vers fon époux, s'inclina enfuite fur fes enfans, les réunit dans fes bras, les ferra contre fon cœur, & expira.

J'arrive à la tente fatale, & je parois devant Kirk.

Je me fuis fait inftruire, me dit-il, de ce qui caractérife la trahifon de Moléshoff: il eft plus coupable que les autres, & j'ai les ordres les plus févéres de ne point épargner les Rebelles

belles tels que lui. Je frémiſſois... Il conti-
nua : Il faut qu'il périſſe , ou que je perde la
faveur du Prince ; je veux bien m'y expoſer.
Demeurez cette nuit avec moi ; Moleshoff
eſt libre demain.

Je jettai un cri d'indignation , & reculai
d'horreur. Je n'ai point l'art , ajouta-t il , d'un
ton inſolemment ironique, de charmer l'o-
reille & de careſſer l'orgueil des Belles par
des ſoupirs efféminés ; je ne ſçais ni flatter ,
ni gémir. Je me borne à deux mots : ren-
dez-vous à mes deſirs , & vous ſauvez votre
mari , ſi vous refuſez , il meurt.

Il prononça cet arrèt avec une aſſurance
atroce qui ne me laiſſa pas de doute ſur l'e-
xécution. Je tombai à ſes pieds ſans connoiſ-
ſance. Ah ! pourquoi ſuis-je revenue de cet
état ? Je repris mes ſens : un foible eſpoir
d'attendrir ce Monſtre vint même luire à mon
cœur éperdu, & je lui dis avec une ſorte do
fermeté :   V

Les Mortels généreux n'exigent point de conditions honteuses de ceux qu'ils veulent fauver ; ils permettent à leurs Captifs de vivre avec honneur, méprifent les actions baffes & ne les propofent jamais. La clémence n'eft belle que lorfqu'elle eft défintéreffée ; elle perd fon prix quand elle a le crime pour motif, & la gloire d'un efprit fublime eft d'éloigner tout ce qui peut reftraindre & limiter fes bienfaits. Qu'avez-vous à craindre de votre Souverain ? Une bonne action porte avec foi fon excufe, & , dût elle lui nuire , il voudroit encore la récompenfer. Tel eft le caractere des Rois : ils applaudiffent à la générofité de ceux même qu'ils chargent de leur vengeance. Eft-ce fauver Moléshoff ? Eft-ce m'accorder une grace, que de nous déshonorer tous deux ? Si vous perfiftez , s'il faut que Moléshoff périffe , fi mon fort eft de pleurer fon trépas , je ne balance point :

j'arroferai fes cendres des larmes de la vertu.

Hé bien, me dit-il, je vais la mettre à l'épreuve. Soldats, conduifez cette Femme fous vos tentes. C'eft là, Madame, que vous pafferez la nuit. Je ne crois pas qu'ils vous laiffent beaucoup de larmes vertueufes à répandre fur le deftin de votre époux. Demain les premiers rayons du jour vous l'offriront luttant contre la mort, dont vous auriez pu le fauver.

Célie, as-tu l'imagination affez vive pour te repréfenter ton amie dans cet horrible moment ? Vois-tu mon front pâlir & rougir tour à-tour ? Vois-tu mes cheveux fe dreffer fur ma tête ? Entends tu mes fanglots, ces accens lugubres, interrompus & fourds d'une fureur qui n'ofoit éclater ? Je la contraignis au point de prier encore le Barbare. Larmes, gémiffemens, prieres, rien ne put l'attendrir ; il ne me laiffa qu'un inftant. Je voyois déja

Moléshoff fur l'échaffaud , je le perdois fans
conferver ma gloire.. Ma douleur m'infpira ,
je m'élevai au-deffus de moi même. Je pal-
pitai d'horreur, je treffaillis d'effroi , toutes
mes veines s'enflerent de rage ; mais mon
époux l'emporta. Que pouvois-je faire ? Ah !
Célie , Célie, qu'aurois-tu fait toi-même ?

Il faudroit des larmes de fang , pour pleurer les heures épouvantables qui fe pafferent
jufqu'au matin : alors... Ciel ! ô Ciel ! le
croiras-tu ? ce Monftre !... Je ne puis , ma
plume m'échappe , mes fens fe glacent ; venez
voir, me dit-il, le fpectacle que je vous ai
préparé : il m'entraîne ; je le fuis.... Que
vois-je ? grand Dieu ?... Moléshoff entre
les mains d'un Bourreau !

Je tombe, abîmée de douleur ; on me
tranfporte chez moi, où l'on me tint pour
morte , jufqu'au milieu de la nuit. En for-
tant de cette létargie profonde, j'ouvre les yeux,

& crois d'abord que de noires vapeurs s'é-
toient emparées de mes fens. Mes regards
font mornes & fixes. Je veux parler , ma voix
expire. J'effaye de marcher , je retombe , &
demeure immobile ; mais fûre enfin de tout
ce qui me fembloit un fonge, je remplis ma
chambre de gémiffemens , la violence de
mon défefpoir me rend les forces que j'a-
vois perdues. Je faifis un poignard & m'é-
lance comme une Furie , l'œil étincelant, les
cheveux épars. Je marche dans l'ombre, feule ,
accompagnée des mânes de mon époux. J'arrive au camp , tout étoit calme. J'entre dans
la tente de Kirk ; fes Gardes fommeilloient ;
lui-même , Célie , lui-même étoit endormi !
furieufe, ne craignant rien , j'approche , &
lui plonge par trois fois dans le cœur le
poignard que je tenois à la main : il ouvre
les yeux, en jettant un cri. Reconnois, lui
dis-je en redoublant ; reconnois la veuve de
Moléshoff. Il expire.

Je fuis, à la faveur de l'obfcurité. Le lendemain le Roi eft informé de l'événement de la nuit. Je lui fis porter le poignard encore teint du vil fang que je venois de répandre : il plaignit mon fort, admira mon courage, & m'accorda ma grace.

Mais, il n'en eft point pour moi. Moléshoff n'eft plus ; il faut bien que je le fuive. La mort eft déjà dans mon fein. Chere & tendre Célie, je ne ferai plus quand tu recevras cet horible écrit ! pardonne ; j'ai voulu que ma main mourante te donnât cette preuve affreufe de mon amitié : la tienne même n'auroit pû me confoler. Adieu ! féche tes pleurs. J'ai délivré l'Angleterre d'un Monftre ; j'ai vengé mon Epoux ; je n'ai que quelques heures à vivre : je ne fuis plus à plaindre.

ERRATA.

Acte I. page 25 , *au lieu de* cinq ans , *lisez* huit ans.

Acte IV. Scene V. *au lieu de* une Femme de l'Impératrice , *lisez* Fanie ; *au lieu de* la Femme , *lisez* Fanie.

AVIS DE L'IMPRIMEUR.

On trouve chez Sébastien Jorry les autres Pieces de Théâtre de M. Dorat ; sçavoir , Pierre-le-Grand , Régulus , Théagene , & les Fragmens d'Alceste , ainsi que les autres Ouvrages dans les deux formats.

www.ingramcontent.com/pod-product-compliance
Lightning Source LLC
LaVergne TN
LVHW020644180726
843502LV00006B/2230